LA CITA

UNA SUGAR BABY ESTA BUSCANDO A
SU SUGAR DADDY

SEN KITANA

DESCARGO DE RESPONSABILIDAD

Todas las partes involucradas en este libro son mayores de 18 años y todos los personajes son completamente ficticios. No sugerimos que nadie emule el comportamiento encontrado en este libro. Cualquier persona que lea este libro debe tener 18 años o más para poder leerlo debido a la naturaleza adulta del contenido dentro de este libro.

ROMANCE ERÓTICO

Este libro está hecho para una audiencia madura.

Observé atentamente mi cuerpo desnudo en el espejo. Me sentía nerviosa y el corazón me latía rápido, pero aún así quería asegurarme de verme lo mejor posible. Después de estar satisfecha con esa breve inspección, dirigí la mirada a la pila de ropa que yacía en el suelo. ¿Realmente iba a seguir con esto?, me pregunté a mí misma. Era la primera vez que hacía algo así, así que no tenía ni idea de qué esperar. Mi única expectativa era que el tipo con el que iba a salir no fuera un asesino, un acosador, o un hombre asqueroso y nefasto. Miré mi teléfono para ver la hora. Tenía que estar en el restaurante en una hora, y ni siquiera había empezado a maquillarme. Me vestí con el tipo de ropa que pensé que sería del agrado de un hombre como aquél. Lo primero que me puse fueron mis medias negras. Luego me puse la lencería, que era una red de diferentes tiras de tela. Cuando se ensamblaba correctamente, se envolvía alrededor de mi torso y dejaba expuesta gran parte de mi piel tersa, incluidos mis pechos. Encima de mi lencería, me puse mi vestido. El vestido funcionaba para disimular perfectamente la lencería, de modo que, si todo salía bien y luego íbamos a su casa o a un hotel, él quedaría gratamente sorprendido al ver lo que yo llevaba puesto. El vestido era de satín color lavanda, cuyo largo terminaba justo debajo de mis rodillas. Finalmente, me puse un par de zapatos negros de tacón alto. Mi atuendo estaba finalmente completo. Después de aplicar una ligera capa de maquillaje, estaba lista para la reunión.

Todavía me sentía muy nerviosa, pues era la primera vez que hacía algo así. Todo comenzó porque quería ganar un poco de dinero extra para poder darme ciertos lujos. Después de todo, ser estudiante de medicina significaba que rara vez tenía dinero extra para gastar en mí misma. Como no quería sacrificar demasiadas horas de mi valioso tiempo para ganar más dinero, opté por un trabajo secundario. Reduje mi lista de posibles ocupaciones a sólo cuatro: convertirme en stripper, en *camgirl*, en actriz porno, o en *sugar baby*. La reduje a estas opciones porque siempre he sido una persona muy erótica, y pensé que entrar en la industria del trabajo sexual me saldría natural. Además, toda la vida me han dicho que soy particularmente bella, así que pensé que los hombres pagarían mucho dinero por verme desnuda o casi desnuda. Después de hacer mi investigación y de pensarlo mucho, descarté las opciones de stripper, camgirl y actriz porno. Las descarté porque, según mi investigación, los ingresos no eran estables. Las chicas de estas industrias sólo duraban de unos meses a un año trabajando, y no quería que mis amigos o familiares supieran de mis actividades. Eso significaba que la única opción realista era ser sugar baby. Al leer sobre el estilo de vida de una "sugar baby" en Internet, también me pareció que esta línea de trabajo requería el menor esfuerzo. Todo lo que tenía que hacer era enviar a algunos hombres ricos y mayores fotos de mí desnuda y salir en citas con ellos de vez en cuando para que, a cambio, ellos me consintieran con lujos y regalos. Después de pensarlo mucho e investigar todo lo que pude, decidí atreverme. Hice un perfil en un sitio web que "emparejaba" a las sugar babies con los futuros "sugar daddies," y luego, sólo fue cuestión de esperar. Durante el primer mes o más de tener mi cuenta abierta, las únicas personas de las que recibí mensajes fueron estafadores y bots. Los estafadores trataban de conseguir que las usuarias desprevenidas o crédulas les dieran su información sensible, como sus números de tarjeta de crédito o cosas así. Los bots me enviaban spam con enlaces nada legítimos, con la intención de que yo les diera clic. Sin embargo, yo fui lo suficientemente inteligente como para no caer en esas trampas, y por eso no fui estafada. Después de un mes, empecé a recibir mensajes de tipos reales que estaban interesados en ser mis sugar daddies.

El hombre que iba a conocer hoy se llamaba Chris, y fue uno de los primeros sugar daddies en enviarme un mensaje. Chris era un banquero de cincuenta años, así que definitivamente tenía el dinero para ser calificado como un sugar daddy. Vivíamos a una hora de distancia el uno del otro, lo cual también era conveniente. Al principio, las conversaciones que teníamos

Chris y yo eran bastante genéricas y no pasaron de charlas casuales. Hablábamos de nuestros pasatiempos, de lo que nos gustaba y lo que no, y de otros temas generales como esos. Seguí hablando con Chris durante otras dos semanas antes de que finalmente le pidiera que diera su primer paso como sugar daddy y me enviara algo de dinero. Había visto unos zapatos en un sitio de Internet desde hace un tiempo, así que le pedí el dinero para comprarlos sin estar segura de cómo respondería. Por fortuna, respondió bastante rápido. Aceptó enviarme el dinero a cambio de algunas fotos donde apareciera desnuda. Le envié a Chris unas cuatro o cinco fotos mías. En todas ellas estaba desnuda, pero en distintas poses. Por ejemplo, en una foto tenía la cara presionada contra el colchón y mi trasero curvado al aire. En otra foto, estaba completamente desnuda y tenía un *dildo* presionado contra mi lengua, implicando que estaba fantaseando con hacerle sexo oral. En otra foto, acerqué la cámara a mi vagina y extendí mis labios para mostrarle a Chris lo húmeda que estaba. Rápidamente me envió el dinero que le pedí y me dio cumplidos sobre lo sexy que le parecía. Esta fue nuestra primera transacción, pero definitivamente no fue la última. Una vez a la semana, le enviaba fotos de desnudos sexys y videos de mí misma, y él me recompensaba con grandes sumas de dinero. Cada vez se sentía como la primera vez, en el sentido de que mi corazón se aceleraba cada vez que le enviaba esas fotos y videos desnuda. Siempre me preocupaba que no le gustara lo que yo le enviaba, y sabía que era un miedo irracional porque siempre me decía lo mucho que le gustaba ver mis labios húmedos separados, o mi apretado y ansioso culo con un tapón anal insertado dentro de él.

Una vez que estuve lista para mi cita con Chris, esperé media hora antes de la hora fijada para salir. Como vivía en una ciudad grande, hacer cosas así era mucho más fácil que si vivía en un pueblo a mitad de la nada. En una gran ciudad como ésta, no tenía que preocuparme de cómo llegar a mi destino porque siempre había un autobús, un tren o incluso un taxi para llevarme allí. Supongo que, en un pueblo pequeño, tratar de mantener una relación con un sugar daddy sería difícil, especialmente en la primera cita. O al menos eso me imagino, porque en lo personal, dudaría en conducir a un lugar de encuentro en mi propio coche porque siempre está el riesgo de que el sugar daddy en cuestión sea un hombre peligroso. Eso me preocupaba, y estuve pensando un rato en la clase de hombre que sería Chris, pero esos pensamientos se disiparon rápidamente. Me había enviado dinero varias veces ya en el pasado, y nunca había enviado ningún mensaje que pareciera violento o algo parecido. Sentía que podía confiar en él y que, si sus mensajes de texto me hubieran hecho sentir insegura, no habría aceptado esta cita. También llevaba gas pimienta en mi bolso por si algo salía mal. La otra ventaja de tener un sugar daddy en una ciudad tan grande y poblada, es que nadie te presta atención. Si viviera en un pueblo o en una ciudad pequeña y la gente viera a una mujer joven y bella como yo en un restaurante, aceptando regalos caros de un hombre mayor y rico como Chris, definitivamente se levantarían varias cejas y la gente nos juzgaría.

Estaba a una cuadra del lugar donde se suponía que nos encontraríamos cuando escuché que mi teléfono sonaba. Lo tomé y vi que Chris me había enviado un mensaje de texto. Dijo que estaba parado fuera del punto de encuentro y me describió lo que llevaba puesto. Por la descripción que dio, parecía que estaba vestido para impresionar. Unos minutos más tarde, cuando llegué al punto de encuentro, vi que estaba, de hecho, vestido de forma muy elegante.

El lugar que elegimos para reunirnos fue un restaurante. Sin embargo, no era cualquier restaurante. Era uno de los restaurantes más caros y lujosos de la ciudad. Sólo los súper ricos cenaban aquí y esta noche, yo tendría el mismo privilegio. Tendría que hacer mi mejor esfuerzo para hacer el papel de alguien que pertenece a la alta sociedad. Al fin y al cabo, había hecho la investigación y ya conocía la diferencia entre los diferentes tipos de tenedores, cucharas y cuchillos, y confiaba en que podría encajar en la nobleza que cenaría aquí esta noche.

Al caminar hacia el restaurante, vi a Chris. Estaba parado frente a la entrada, parecía estar esperando a alguien y estaba vestido exactamente como lo describió. Tal como pensé, se veía muy bien vestido para la ocasión. Tenía una chaqueta de traje azul marino y pantalones de traje azul marino a juego. La chaqueta estaba parcialmente desabrochada, revelando su camisa blanca abotonada por debajo. Llevaba un elegante cinturón de cuero que parecía de lujo, y zapatos de vestir también de lujo. Miraba en dirección opuesta a la que yo me acercaba, así que cuando llegué a él, su espalda estaba de cara a mí. "¿Chris?" pregunté, dándole un ligero golpecito en el hombro. Se sobresaltó antes de darse la vuelta para mirarme. Una vez que vio que sólo era yo, la mujer que le había estado enviando fotos y videos de su vagina húmeda y culo apretado, se relajó visiblemente.

"¡Jessie!" exclamó con entusiasmo con los brazos abiertos, moviéndose hacia mí para darme un abrazo. Felizmente acepté su abrazo con una pequeña risa. Ese fue un momento muy surrealista para mí. Hasta entonces, la idea de tener un sugar daddy había parecido como algo intangible o hasta cierto punto etéreo. Por supuesto, me había enviado dinero y me había comprado lujos en el pasado, pero esta era la primera vez que lo conocía en persona y eso hacía que todo fuera aún más real de lo que ya era. Al pensar esto, sentí una mescolanza de sentimientos, incluyendo nerviosismo, excitación e incluso atracción.

Chris se apartó del abrazo y me besó rápidamente en los labios. Eso hizo que mi corazón se agitara porque yo no esperaba que lo hiciera, aunque tampoco puedo decir que me sorprendiera por completo. Al fin y al cabo, era su sugar baby. Nuestra relación se basaba puramente en el hecho de que yo le hacía favores sexuales a cambio de dinero y otras posesiones materiales que yo le pedía. También estaría mintiendo si dijera que besaba mal. Incluso de ese rápido contacto entre nuestros labios, fui capaz de captar mucha información sobre él. Por un lado, sus labios eran suaves y estaban bien cuidados, y por otro, besaba con pasión.

Después de nuestro beso, Chris me agarró con fuerza por los hombros y me escaneó el cuerpo de arriba a abajo. Después de analizar mi cuerpo, dijo: "Vaya, te ves absolutamente hermosa esta noche, Jessie. Estoy muy contento de por fin conocerte después de todo este tiempo. Nuestra mesa ya debe estar lista, así que mejor entremos para conocernos más a fondo," sugirió. Asentí y lo acompañé adentro. Me di cuenta de que mientras caminábamos, su mano estaba tocándome firmemente el trasero. Nos acercamos al anfitrión que llevaba el registro de todas las reservaciones de la noche y Chris le dio su apellido. El anfitrión revisó la lista hasta que encontró el apellido de Chris y nos llevó a nuestra mesa. Mientras caminábamos hacia nuestra mesa, miré alrededor del restaurante y me quedé totalmente sorprendida. El restaurante estaba decorado de manera que parecía que el diseñador había prestado atención hasta al más mínimo detalle. También me fijé en la demografía del restaurante y me di cuenta de que Chris y yo no estábamos tan fuera de lugar como hubiera imaginado. Casi todos los demás clientes eran caballeros mayores de aspecto rico que compartían una comida opulenta con una o más mujeres muy jóvenes y atractivas. Me hizo preguntarme si todas esas jóvenes estaban en la misma posición que yo. ¿Acaso todas eran sugar babies que usaban sus cuerpos para obtener dinero de estos hombres ricos y viejos? ¿O eran escorts contratadas por estos caballeros mayores que se encontraban más solos que nunca, a pesar de haber acumulado una gran cantidad de riqueza durante sus vidas? También existía la posibilidad real de que estas mujeres fueran una combinación de las dos, o algo totalmente distinto. Eso era lo que yo pensaba cuando mis pensamientos me llevaron de vuelta a la realidad con Chris. Estaba de pie junto a la mesa en la que debíamos sentarnos y había jalado una silla, con la intención de que yo me sentara. Le agradecí su caballerosidad y me senté. El anfitrión nos dio a cada uno un menú y nos dijo las especialidades de esa noche. Luego se alejó para que decidiéramos qué queríamos ordenar.

Pasaron casi dos horas hasta que estuvimos listos para salir del restaurante. La experiencia de la cena en sí fue bastante agradable y la comida fue deliciosa. Chris y yo pedimos filetes, pero él pidió un filete porterhouse y yo un filete mignon. Chris también sugirió que pidiéramos un vino muy caro para los dos, y acepté porque él iba a pagar la cuenta. El vino se maridó maravillosamente con el filete y sin duda fue uno de los mejores vinos que he probado. Durante este tiempo, por supuesto, nos estábamos conociendo un poco más a fondo y en general me estaba divirtiendo y pasando un buen rato. Parecía que él también se estaba divirtiendo y decidimos pedir postre para poder quedarnos y seguir hablando un poco más. Pidió para los dos un lujoso pay de queso, rico y cremoso, que en definitiva fue el mejor pay de queso que había comido hasta entonces. Conforme pasaba la noche, me sentía más y más atraída hacia Chris, y cuando terminamos el postre, todavía quería seguir charlando con él.

Pagó por los dos y después de que salimos del restaurante, Chris me miró. "Jessie, quiero que sepas que la pasé muy bien esta noche y te quiero dar las gracias por estar tan relajada y tranquila al respecto. Sólo espero que te hayas divertido tanto como yo," dijo Chris con una cálida sonrisa en su rostro.

Le devolví la sonrisa y le respondí: "¡Claro que me la pasé muy bien! Esta ha sido una de las mejores citas que he tenido y tengo que admitir que eres muy atractivo. Sólo desearía que la noche no tuviera que terminar aquí."

Al oírme decir eso, Chris rió en voz baja para sí mismo y dijo "bueno, no sé si eres consciente de esto o no, pero la noche no tiene que terminar aquí si no quieres. Mi departamento no está muy lejos de aquí, y podríamos pasar un rato ahí si te apetece." Aunque la sugerencia de Chris parecía bastante inocente a primera vista, su tímida sonrisa revelaba sus verdaderas intenciones.

"¿Ah, sí? Creo que me gustaría mucho," le dije en un tono coqueto. Luego le ofrecí mi mano y la tomó, llevándome a un estacionamiento a unas pocas cuadras de distancia. Mientras caminábamos por la ciudad y buscábamos el coche de Chris en el estacionamiento, sentí que me mojaba cada vez más con cada minuto que pasaba. La anticipación me excitaba. Tenía una idea general de lo que Chris y yo íbamos a hacer una vez que llegáramos a su departamento, pero pensar en ello me ponía muy nerviosa. Finalmente, encontramos el automóvil de Chris. Era un sedán de lujo con una capa brillante de pintura negra. Abrió la puerta del lado del pasajero y me hizo señas para que me sentara dentro. Me subí al auto y me puse cómoda en los suaves asientos de cuero. Chris cerró la puerta y dio la vuelta a la puerta del conductor, donde entró y encendió el coche. El motor ronroneaba suavemente mientras salimos del estacionamiento y nos dirigíamos a su apartamento. Era un viernes por la noche en la ciudad, así que había mucho tráfico por toda la gente que iba a los bares, fiestas y otros eventos. Terminamos atascados en el tráfico e incluso hubo momentos en los que el coche se tuvo que detener durante más de seis o siete minutos. Chris y yo habíamos estado charlando mientras él conducía, pero durante una de las paradas más largas, la conversación tomó un giro totalmente diferente. En este punto yo todavía estaba muy mojada, pero lo único que podía hacer para remediar la situación era apretar mis muslos y esperar que esto estimulara mi clítoris lo suficiente para que me viniera tranquilamente. Supongo que mi aliento se había vuelto superficial o tal vez estaba actuando de manera diferente, porque Chris lo notó.

"¿Estás bien?" Me preguntó en un momento en el que estábamos parados. Giré la cabeza y lo miré como si no tuviera la menor idea de lo que estaba hablando.

"Sí, me siento bien, ¿por qué?" Pregunté, poniéndome a la defensiva. Sin embargo, me arrepentí de decirlo así porque me di cuenta de lo sospechosa que me hacía ver.

"Nada, sólo estás actuando de forma extraña. En mi visión periférica te veo apretar las piernas y morderte el labio inferior, y me preguntaba si estabas bien o si te sientes muy excitada," dijo Chris con demasiada calma. Esta última parte la dijo con tanta naturalidad, que me tomó un minuto procesar lo que acababa de decirme. ¿Cómo lo supo? ¿Cómo pudo captar los pequeños movimientos que yo creía que estaba ocultando tan bien? No quería avergonzarme delante de él, así que traté de actuar con calma.

"¿Excitada?" pregunté incrédula. "No, no estoy nada excitada. Puede que tengas labia y seas encantador, Chris, pero tampoco te halagues demasiado," dije, tratando de pasar todo el asunto como una broma.

Las comisuras de sus labios se curvaron hacia arriba en una sonrisa y me preguntó "¿Es así? ¿Vas a sentarte aquí y mentirme a la cara y decirme que no estás excitada y que no te estabas masturbando ahora mismo apretando los muslos? Entonces supongo que no te importará que te toque para corroborarlo."

"Oh mierda," pensé para mis adentros. Chris me había engañado. ¿Qué se suponía que debía hacer ahora? Si le decía que no, me haría culpable por omisión, pero si le dejaba meter sus dedos en mi vestido, definitivamente sentiría lo mojada que estaba. Después de pensarlo por un momento, decidí responderle. "Adelante," le dije, abriendo bien las piernas para que pudiera meter sus manos en mi vestido. Como estábamos en un tráfico completamente detenido, realmente no necesitaba ninguna mano en el volante, pero la mantuvo allí por si acaso. Su otra mano se abrió paso por debajo de mi vestido y hasta mi vagina. Sentí sus dedos acariciando mi clítoris a través de mis bragas empapadas. En ese momento supe que el juego había terminado y que había perdido.

"Así que estás mojada" dijo, sacando los dedos para ver las gotitas de fluido que se habían acumulado en las puntas de sus dedos. "De hecho, estás más mojada de lo que pensaba, Jessie. Tus bragas están tan húmedas que parece que has estado masturbándote desde que salimos del restaurante. Dime Jessie, ¿qué te ha puesto tan caliente? Porque nuestros temas de conversación se han mantenido alejados de cualquier cosa sexual durante casi toda la noche. Eso me lleva a creer que estabas fantaseando. Soñabas despierta sobre una fantasía tan excitante, que fuiste capaz de mojar tus bragas usando sólo tus pensamientos."

Tragué saliva. Ahora sí que me había descubierto. Las palmas de mis manos empezaron a sudar mientras trataba de averiguar qué debía hacer. Estábamos atorados en el tráfico y no parecía que fuéramos a movernos pronto, así que pensé que, si ya había llegado tan lejos, con los dedos de Chris acariciando mi coño mojado, podría confesar lo que estaba fantaseando. "Contigo," dije finalmente, rompiendo el silencio. "Estaba fantaseando contigo."

En ese momento, hizo a un lado mis bragas y empezó a tocar mi clítoris directamente con la mano, enviando escalofríos de placer por mi columna vertebral. "¿Y qué fantaseabas exactamente?," preguntó con voz seria y casi irritada. "Quiero saber cada detalle."

"Estaba fantaseando con llegar a tu departamento y tener sexo contigo. Si quieres saber los detalles, fantaseaba con tener sexo duro contigo. Siempre he sido del tipo sumiso, así que me encanta ser dominada. Me encanta que me tomen y que mi cuerpo sea usado por hombres fuertes y atractivos como tú. Me vuelve loca que me cojan hasta perder la razón. Me encanta someterme a hombres masculinos y dominantes. Me encanta ponerme de rodillas y tomar las vergas en mi boca. Fantaseaba con lo que sentiría si me tomaras de la nuca y me cogieras la cara sin piedad. Estaba fantaseando con los gruñidos y gemidos guturales y otros ruidos que harías mientras me metes tu pene en la garganta y usas mi boca a tu placer," le dije. El simple hecho de decir estas fantasías en voz alta me había puesto exponencialmente más mojada y caliente. Mis gemidos se volvieron respiratorios y jadeé mucho mientras sus dedos acariciaban mi clítoris. El tráfico se había calmado para entonces y el coche se estaba moviendo de nuevo. Hubo unos segundos en los que no dije nada porque estaba muy concentrado en el placer que Chris me daba con sus dedos.

"No dejes de hablar," dijo Chris en voz baja y seria. "Quiero escucharlo todo, Jessie. Dímelo."

Continué contándole mi fantasía mientras movía ligeramente mis caderas y presionaba mi clítoris contra sus dedos. "Quiero lamer cada centímetro de tu pene y que me insultes mientras lo hago, quiero que me digas que soy una puta hambrienta de semen. Quiero que me hagas rogar para que me cojas la cara, y quiero que me la metas por la garganta hasta que me atragante y sienta que me ahogue. Después de que hayas usado mi garganta para tu satisfacción, quiero que uses el resto de mí. Me encanta jugar con mis pezones y a menudo fantaseo con alguien fuerte y masculino como tú pellizcando y tirando de mis pezones. Esa delicada combinación de placer y dolor se sentiría tan bien que podría correrme en ese mismo momento. También me encantan las nalgadas, así que la idea de que me pongas boca abajo sobre tu rodilla y subas mi vestido para revelar mi suave y curvado trasero, y que me des nalgadas una y otra vez, me excita demasiado. También estaba fantaseando con..." empecé a decir, pero luego tuve que parar. La sensación de euforia se había vuelto demasiado intensa y sabía que me iba a venir en los dedos de Chris. Mis gemidos se hicieron más intensos y mi cuerpo se estremeció por el placer que iba a atravesarlo en cuestión de momentos. Apenas tuve tiempo de gemir "¡Oh, mierda, Chris, me estoy viniendo!" antes de sentirme invadida por el orgasmo.

Eché la cabeza hacia atrás y cerré los ojos, apretando y soltando los puños mientras mis músculos sufrían espasmos por el intenso orgasmo. Miré por la ventanilla del coche para ver que seguíamos en la carretera, lo que sólo hizo que la experiencia fuera aún más excitante. Pensar en cómo cualquier conductor a nuestro lado podría verme temblando y eyaculando en los dedos de un hombre mayor me hizo mojarme otra vez. Chris continuó jugando con mi coño mojado y necesitado durante todo el orgasmo. Escalofríos de éxtasis recorrieron mi columna vertebral y me llevó unos cuantos minutos recuperarme. Cuando todo estaba dicho y hecho, mi pecho se elevó y cayó pesadamente. Sentí como si estuviera en un estado de euforia y podía sentir mis fluidos goteando por mi muslo. Fue en ese momento que Chris se detuvo en el estacionamiento de su complejo de departamentos. Se estacionó y dejó el coche en reposo durante un breve momento. En ese lapso, sacó sus dedos de mi coño empapado y los levantó para que los dos los viéramos. Brillaban por la humedad. Con una sonrisa en su cara, Chris metió los dedos a su boca y pasó un rato analizando mi sabor. Finalmente, después de que pasara unos breves momentos anticipando lo que diría después de probar mi coño en sus dedos, rompió el silencio. "Wow. No puedo esperar a probarte otra vez cuando estemos en mi casa", dijo con una voz baja y grave. Con esa única respuesta, se las arregló para enviar una ola de escalofríos por mi columna vertebral y pude sentir el deseo. Luego salió del auto despreocupadamente y caminó hacia el otro lado para abrirme la puerta. Le di las gracias y salí del coche, limpiando mi vestido al salir. Mientras me tocaba, mis fluidos gotearon hasta el interior de mis muslos y en mi trasero, resultando en unas pocas manchas húmedas en la parte trasera de mi vestido. Chris tuvo la amabilidad de dejarme atar su chaqueta alrededor de mi cintura para cubrir las manchas húmedas, y nos dirigimos al interior del edificio.

Yo ya podía anticipar que su departamento sería muy lujoso y en definitiva caro, porque el complejo de edificios estaba situado en una parte notoriamente rica de la ciudad. Pero, por si fuera poco, el vestíbulo de su edificio estaba decorado de forma ornamental y francamente hermosa. La complejidad del arte en las paredes realmente me dejó alucinada de tanta belleza. Las paredes estaban hechas de brillante granito negro con deslumbrantes patrones caóticos de cristales rojos y blancos corriendo a través de ellas. Mientras caminábamos por el vestíbulo, me sentí como alguien que visita un museo por primera vez, porque mi cabeza estaba constantemente en movimiento y mis ojos estaban muy abiertos con asombro intentando procesar todo lo que me rodeaba. Había alguien trabajando en la recepción del vestíbulo y me miraba atentamente mientras caminaba junto a Chris. "Hola Bill," dijo Chris al hombre que trabajaba en la recepción. Chris me hizo un gesto y le dijo a Bill: "Ella está conmigo," para que el hombre se tranquilizara. Bill miró a Chris, luego me miró con una ceja levantada, y volvió a mirar a Chris con una sonrisa de reconocimiento y asintió con la cabeza. Este debe ser el tipo de cosas que Chris hacía regularmente porque parecía que Bill estaba muy familiarizado con lo que iba a pasar. Sin embargo, me encogí de hombros y continué caminando con Chris hasta que llegamos al ascensor. Cuando las puertas del ascensor se cerraron, éramos los únicos que estábamos dentro y Chris me acercó a él, con sus inquisitivas manos deslizándose hacia abajo para agarrar mi trasero con firmeza. Me sorprendió verle apretar un botón que llevaba a uno de los últimos pisos del edificio. Sabía que Chris era rico, pero para poder pagar uno de los departamentos de los últimos pisos, tenía que ser mucho más rico de lo que pensaba.

Durante todo el trayecto del ascensor, no pudimos dejar quietas nuestras manos. Sus manos estaban sobre mí, tocándome los pechos y el trasero, y mis manos estaban sobre él, sintiendo su pecho musculoso y agarrando el bulto endurecido dentro de sus pantalones. Parecía que habían pasado horas antes de que las puertas del ascensor se abrieran de nuevo. Cuando salió al pasillo, me sorprendí una vez más. Esta vez, sin embargo, me sorprendió la cantidad de habitaciones que había en este piso, o mejor dicho, la falta de habitaciones en él. Sólo vi dos puertas y estaban en lados opuestos del pasillo, una frente a otra. Pareciendo totalmente ingenuo ante la falta de otros departamentos, Chris comenzó a caminar por el pasillo izquierdo hacia la única puerta de ese lado. Lo seguí de cerca y lo interrogué: "¿Vives en un piso donde sólo hay dos departamentos?"

Cuando Chris escuchó mi pregunta, me miró como si yo fuera la loca. "Por supuesto. Estos dos departamentos son pent-houses, así que este piso sólo es capaz de albergar dos," y con eso, metió la llave en el ojo de la cerradura y abrió la puerta. Empujó la puerta y la mantuvo abierta para que yo entrara en su preciosa casa. Lo primero que noté fue el tamaño de la suite. Definitivamente no bromeaba cuando dijo que el piso sólo tenía espacio suficiente para albergar dos departamentos. Era realmente asombroso estar en un espacio como ese. Me sentía tan pequeña rodeada de grandes paredes, formidables esculturas y pinturas divinas. Rápidamente capté que Chris tomaba muy en serio el arte de su departamento y que estas piezas eran muy finas. Me di la vuelta y encontré a Chris cerrando la puerta y quitándose los zapatos. "Puedes quitarte los tacones altos si te resultan incómodos," dijo. No iba a rechazar la oportunidad de quitarme los incómodos tacones altos y por eso acepté amablemente su oferta, quitándome los zapatos y poniéndolos junto a los suyos. Chris entonces extendió su palma abierta para que yo la agarrara y me preguntó "¿continuamos en mi habitación?" con una sonrisa juguetona. Me reí y acepté, tomándolo de la mano. Me llevó a su habitación y nos sentamos en la cama. "Escucha, Jessie, eres maravillosa y he tenido una estupenda cita contigo. No quiero asustarte con lo que voy a decir, pero me gustan las cosas duras, si sabes a lo que me refiero. Sé que cuando estábamos en el coche fantaseabas con ser usada porque te resultaba excitante, pero sólo quiero asegurarme de que realmente te parece bien hacer todo eso. Planeo usar cuerdas, paletas, mordazas y muchos otros elementos del BDSM. ¿Qué opinas?", me preguntó. Aunque estábamos hablando de un tema tan lascivo como él atándome y cogiendo mis agujeros sin sentido, sentí mucha ternura y tranquilidad de que él se preocupara genuinamente por mí y por cómo me sentiría yo con este tipo de interacción.

Asentí con la cabeza e insistí: "Sí, Chris, estoy absolutamente segura de que quiero esto. Además, si llegamos al punto en el que no me siento cómoda con lo que estás haciendo o no quiero continuar, usaré mi palabra de seguridad, que es 'rojo.'" Chris asintió con la cabeza y repitió la palabra clave en voz baja para recordarla. Después, sostuvo mi cara en sus manos y nos miramos a los ojos por unos momentos. Pude ver un infierno de pasión y lujuria ardiendo en sus ojos. Había un hambre animal en la forma en que me miraba, como si me necesitara o me anhelara como un animal que necesita de su próxima presa. Luego se acercó a mí y sentí la deliciosa sensación de sus labios cálidos y acogedores presionados contra los míos. Sentí mi coño cosquillear con excitación al sentir sus labios. Nuestro beso estaba lleno de pasión y lujuria y gemíamos en la boca del otro. Mis labios se separaron y sentí su lengua explorando mi boca. Mi lengua se envolvió alrededor de la suya y continuamos besándonos. Se apartó del beso en ese momento y mirándome directamente a los ojos, dijo "Definitivamente voy a disfrutar de usar todos tus agujeros," y la certeza y la confianza con la que hizo esa declaración envió escalofríos de éxtasis por toda mi columna vertebral. Sus manos agarraron el dobladillo de mi vestido y se levantó, comenzando a separarme de mi vestido. Levanté los brazos para ayudar en el proceso y cuando me lo quitó, lo tiró a un lado. Ahora estaba sentada en la cama delante de él con mi sujetador y mis bragas, que estaban visiblemente mojadas. Me desabroché el sostén, lo arrojé a un lado del vestido y me quité las bragas. Estaba a punto de tirar mis bragas a un lado como había hecho con mi vestido y mi sujetador, pero Chris me detuvo. Me hizo darle mis bragas húmedas, que luego enrolló en una bola y me ordenó que abriera bien la boca para él. Con la boca abierta, me metió las bragas empapadas en la boca para que pudiera saborear mi propio coño caliente a través de la tela.

Ahora estaba acostada de espaldas en la cama, con las piernas abiertas y mi húmedo y necesitado coño a la disposición de Chris. Me dio unas cuantas palmaditas en el coño con la palma de su mano, haciendo que mis piernas temblaran y se estremecieran de placer. Chris movió mi cuerpo para que estuviera en la posición de perrito, pero con una ligera modificación. Mi culo estaba en el aire, esperando ansiosamente lo que Chris había reservado toda la noche para mí, y mi cabeza estaba presionada en el colchón, mirándolo para ver qué hacía. Mi culo en el aire y mi cara en el colchón eran elementos típicos de esta posición. Lo que no era típico, sin embargo, era la posición de mis piernas. Había metido mis piernas para que mis rodillas tocaran mi estómago. Normalmente, en el *doggy style* estaría de manos y rodillas con la espalda arqueada, lista para ser cogida. Sin embargo, en esta posición que Chris aparentemente había improvisado sobre la marcha, mis piernas estaban metidas y él había colocado mis brazos detrás de mi espalda, restringiendo así mi rango de movimiento.

En ese momento, Chris comenzó a quitarse la ropa. Primero se quitó la chaqueta, dejándola a un lado. Luego se quitó el cinturón y lo puso a mi lado. Mi coño se estremeció cuando imaginé todas las cosas que él me haría con ese cinturón. Se quitó la camisa abotonada y la camiseta interior. En verdad me sorprendió ver su figura. Había leído muchas historias de terror de sugar daddies con enormes panzas cerveceras y pelos por todas partes. Sin embargo, este no era el caso de Chris. Tenía una figura delgada y atlética, y me arriesgaría a decir que se veía mejor y estaba en mejor forma que la mayoría de los hombres de su edad. A pesar de tener casi sesenta años, su cuerpo estaba tonificado y marcado por los músculos. Di un suspiro de alivio casi inaudible cuando vi su figura. Me sentí tan excitada en ese momento, que lo último que quería era un hombre barrigón y sin resistencia me penetrara por 30 segundos antes de venirse. Lo que necesitaba ahora mismo era una cogida dura, profunda y brusca, y confié en que Chris me la daría.

Lo siguiente que Chris se quitó fueron los pantalones, que se veían tan lujosos como la chaqueta. Ahora estaba parado detrás de mí en ropa interior, y pude ver el contorno de su verga apretada contra su ropa interior, luchando por liberarse. Por la silueta, pude ver que era un hombre bien dotado. Su pene era un poco más largo que la media y muy grueso. Personalmente, prefiero el grosor al largo, así que era perfecta para mí. Creo que los penes demasiado largos y grandes como los que muestran en el porno son un poco dolorosos de manejar. El grosor, sin embargo, es preferible, porque me encanta la sensación de que las paredes de mi vagina sean estiradas y cogidas por una verga gruesa. Como era de esperar, Chris se bajó los calzoncillos, revelando su pene completamente erecto y venoso. Luego vi que Chris se agachaba y buscaba algo debajo de la cama. Mi imaginación se volvió loca al pensar en qué cosas iba a sacar de ahí. No pasó mucho tiempo antes de que sintiera que mi vagina goteaba en la parte interior de mis muslos.

Cuando Chris apareció, todavía agachado, tenía varios objetos en la mano. Tenía una paleta, cuerdas de distintas longitudes, una mordaza de bola y un tapón anal. Lo primero que hizo Chris fue colocar la mordaza en mi boca, sujetándola a mi cara con las correas de cuero que tenía. Entre esto y mis bragas cubiertas de mis fluidos todavía dentro de mi boca, yo ya no podía hablar. Pensaba que todo era muy excitante y me encantaba el sabor de mi propio coño en mi boca. Después de que la mordaza quedó asegurada, tomó la cuerda y comenzó a atarme. Tomó mis brazos que estaban colocados detrás de mi espalda y me ató las muñecas. También usó las cuerdas para mantener mis brazos donde estaban, volviéndolos completamente inútiles. Luego, usó varias cuerdas para atar mis piernas y que estas quedaran muy juntas. Me sentí como un pedazo de carne completamente atado, y me encantó. Disfruté de la sensación áspera y arenosa de la cuerda contra mi piel, y aunque sabía lo que iba a hacer con la paleta y el tapón, no podía esconder mis ansias.

Sentí las fuertes y masculinas manos de Chris agarrando firmemente mis nalgas mientras las separaba. Me tomó desprevenida cuando sentí su cálida y húmeda lengua en mi trasero, pero no mostré resistencia en lo absoluto. No pensé que a Chris le gustara lamer culo, pero al parecer estaba equivocada. Sus labios plantaron besos húmedos y descuidados en mi culo mientras su lengua lamía y golpeaba la zona sensible. Mi culo era muy sensible, por eso me encantaba encontrar tipos que disfrutaran lamerlo. La mayoría de los hombres con los que había estado no disfrutaban del juego anal, aunque fuera una zona erógena sensible para mí. Me quejaba y lloriqueaba de placer, pero realmente empecé a hacer ruido cuando sentí que sus dedos se frotaban contra mi coño por detrás. Chris se burló de mí pasando suavemente sus dedos a lo largo de mi coño empapado. Cuando sus dedos alcanzaron mi clítoris, trazó levemente círculos a su alrededor. Mis piernas temblaban y mi clítoris moría de ganas de ser tocado con más y más presión.

Después de varios minutos de tentarme con toques suaves y delicados, sentí que sus dedos se abrían camino dentro de mí. Mis ojos se pusieron en blanco y gruñí de placer. La saliva comenzaba ahora a escapar por las comisuras de mi boca, y estaba cubriendo mi mordaza con una capa brillante. Chris usó tres dedos para penetrarme y se sintió increíble. Si no tuviera la mordaza en mi boca y si no tuviera mis propias bragas enrolladas y metidas en la boca, probablemente estaría gritando de placer. Entonces, justo cuando pensaba que no podía hacerme sentir mejor, sentí su suave y húmeda lengua clavarse en mi culo. Apreté los puños lo más fuerte posible porque no tenía otra salida con la que expresar mi placer. La euforia que recorría mi cuerpo en ese momento era completamente divina. Sentí como si hubiera muerto e ido al cielo, porque ni la lengua ni los dedos de un hombre me habían hecho sentir tan bien antes. Tensé mis músculos pélvicos y pude sentir las paredes del coño apretando los dedos de Chris como si su vida dependiera de ello. Podía sentir mis fluidos salir de mi excitado coño y derramarse libremente por el interior de mis muslos. La cabeza de Chris se movía hacia adelante y hacia atrás, su lengua entraba y salía de mi trasero. Mientras su lengua estaba en mi culo, la giró y exploró mi estrecho y sensible agujero. Otra cosa que me empujaba repetidamente dentro y fuera del cuerpo eran sus dedos. Me metía los dedos hasta los nudillos y exploraba mis paredes mojadas y apretadas. Después de explorar mi coño a su satisfacción, sacaba los dedos brevemente, sólo para volver a meterlos y repetir el proceso. No tardó mucho en encontrar mi punto G, y con el repetido placer de las caricias en esa zona sensible, combinado con el intenso y casi abrumador placer de su lengua enterrada en lo profundo de mi culo, pude sentir un orgasmo acumulándose dentro de mí. Sin embargo, este orgasmo no se sentía como cualquier otro orgasmo que había experimentado antes. Este se sentía especial y mucho más intenso. Sentí como si el epicentro del placer estuviera en lo profundo de mi corazón, lo cual era una sensación que nunca había sentido antes. Se me puso la piel de gallina en los brazos y escalofríos de placer recorrieron mi columna vertebral.

Debido a la mordaza doble cubriéndome la boca, no pude expresarle verbalmente a mi sugar daddy que estaba por venirme, así que, en vez de eso, sólo grité mientras sus dedos y su lengua me empujaban al borde del orgasmo. Creo que mis gritos hicieron un buen trabajo para avisarle a Chris, porque una vez que empecé a gritar, él empezó a repetir "vente para tu papi, maldita puta." Algo que Chris hizo bien fue que una vez que supo que me iba a venir, no cambió su técnica. La mayoría de los hombres con los que me había acostado cambiaban su técnica cuando les decía que iba a venirme, y a veces eso arruinaba mi orgasmo. Empezaban a penetrarme más fuerte y rápido o a comerme el coño con más vigor. Y entiendo por qué lo hacen, pues cuando los hombres están a punto de venirse, prefieren tocarse más rápido y más fuerte porque creen que eso hará que el orgasmo sea más intenso. Sin embargo, conmigo no funciona así y no me gusta cuando me cogen más fuerte o más rápido. Obviamente, la velocidad y la potencia con la que me estaban cogiendo antes era suficiente para que me viniera, así que ¿por qué cambiar de repente? Hacer eso podía retrasar mi orgasmo o en definitiva arruinarlo, lo cual era especialmente frustrante.

Sin embargo, Chris hizo un excelente trabajo para evitar ese error tan común. Siguió lamiéndome el culo con la misma velocidad y presión, y también siguió penetrándome con sus dedos con la misma velocidad y potencia. Cuando me vine, solté un gemido bajo y rugiente mientras el intenso orgasmo comenzaba en el centro de mi cuerpo e irradiaba hacia afuera. No había mucho que pudiera hacer porque seguía atada y eso lo hacía todo más frustrante y excitante. Mis piernas temblaban y se sacudían; yo quería estirarlas, pero no podía porque estaban atadas. Quería agarrar las sábanas con las manos, pero no podía porque mis manos estaban atadas a la espalda. Quería que Chris supiera lo bien que se sentía todo lo que estaba haciendo y quería decírselo con palabras, pero no pude hacer nada de eso porque tenía dos mordazas en la boca.

Sentí que mi coño se inundaba de fluidos mientras él seguía penetrándome con los dedos durante mi orgasmo. Mis paredes apretadas y excitadas temblaron y tuvieron espasmos erráticos alrededor de sus dedos y pude sentir mis labios agarrándose fuertemente a sus dedos, incluso cuando empezó a sacarlos. Me tomó muchos minutos poder recuperarme completamente del intenso orgasmo de cuerpo entero. Después de que la principal ola de placer me atravesó, experimenté muchas réplicas que me dejaron jadeando y sudando, simplemente disfrutando de lo que acababa de suceder. Cuando finalmente dejé de temblar y estremecerme por el increíblemente intenso orgasmo, Chris me quitó la lengua del culo y también me quitó los dedos del coño. Lo miré y observé atentamente mientras sacaba los dedos. Pude ver sus dedos brillar a la luz porque estaban cubiertos de una capa muy gruesa de mis fluidos. Chris metió los dedos a su boca y los dejó limpios. Esperé con anticipación porque quería escuchar lo que tenía que decir sobre los jugos de mi coño. Después de un momento de reflexión, Chris finalmente dio su veredicto. "Absolutamente delicioso," declaró con una sonrisa en su cara. Me reí y le agradecí el cumplido.

Nuestro breve momento de juego pronto se volvió serio de nuevo cuando levantó su mano en el aire, antes de volver a ponerla contra mi nalga. El resonante sonido de la palma de su mano chocando con mi nalga llenó la habitación. Grité por la sensación de escozor del azote. Sin embargo, esta sensación fue rápidamente eliminada por una ola de placer que se apoderó de mi cuerpo. Chris continuó dándome nalgadas, alternando entre cada mejilla del culo. Con cada nalgada, sentía fluir por todo mi cuerpo una gran cantidad de dopamina, y me hacía sentir muy bien. Siempre me ha gustado mezclar el dolor y el placer y creo que los azotes son una de las mejores formas de hacerlo. Para mí, por lo menos, la sensación de una buena y dura nalgada es increíblemente satisfactoria y placentera. Había algo sumamente placentero en el escozor de una fuerte nalgada y la sensación de éxtasis posterior a ella.

Después de los primeros azotes, Chris se acercó a la parte posterior de mi cabeza y me desató la mordaza de bola. También me dejó escupir las bragas, que ya estaban completamente empapadas. Luego me hizo rogar por más nalgadas. "Ruega por mí, puta amante del semen," gruñó. Sus palabras sucias fueron suficiente para ponerme nerviosa, además, le rogué, lo cual resultó demasiado excitante.

"Pégame otra vez, papi," le imploraba. "Por favor, tu pequeña puta necesita ser azotada y disciplinada por tus fuertes manos masculinas. Necesito sentir tus manos azotándome hasta que mis nalgas estén rojas, crudas y marcadas. Quiero tener la huella de tu mano grabada en mi culo por tantos azotes. Señor, necesito que me dé unos azotes tan fuertes que su mano termine entumida de tanta fuerza. No tenga piedad de mí señor. No se apiade de esta puta. Quiero que me sigas dando nalgadas, señor. Quiero ser incapaz de sentarme con comodidad en las próximas semanas. Quiero recordar así este momento exacto. Recordarme a mí misma cómo fui una zorra y una puta para mi papi. Cada vez que me azota, señor, hace que mi coño tiemble y se estremezca de placer. Si me diera muchas nalgadas seguidas, podría venirme sólo de la sensación, y temblar y sacudirme por lo placentero que es sentir su mano azotada contra mi culo. Sería un honor. Después de todo, es lo único para lo que sirvo, señor. Sólo sirvo para ser una puta sumisa y para venirme por usted. Todo lo mío es suyo, señor. Mi apretado y húmedo coño es suyo. Mi tembloroso y apretado culo es suyo. Mi boca diciendo todas estas cosas asquerosas y traviesas ahora mismo es suya. Hasta mis orgasmos son suyos, señor. Así que, por favor, azóteme. ¡Necesito que lo haga!" Le rogué. Gimió y me felicitó por mis habilidades para hablar sucio antes de volver a azotarme.

Sus manos me dieron nalgadas sin descanso. Con cada nalgada, la sensación aguda y punzante se hacía más grande e intensa, pero también lo hacía la ola de placer que venía después. Yo gemía y gemía su nombre, y mordía las sábanas de la cama sólo porque necesitaba algún tipo de catarsis para la intensa euforia que sentía.

Después de varios minutos azotándome, Chris pareció sentirse satisfecho con su trabajo. Mis nalgas me dolían y podía sentir mi culo irradiando calor. Según él, se veían rojas y crudas y ya podía empezar a ver la huella de sus fuertes manos masculinas. Se deleitaba al saber que me costaría mucho sentarme e incluso caminar durante los próximos días.

En este punto, yo ya estaba jadeando, completamente sudada, y el interior de mis muslos estaba cubierto ya con mis fluidos. Dejé escapar un fuerte suspiro de satisfacción, cuando de pronto sentí la cabeza hinchada de su duro y palpitante pene presionando contra los labios de mi coño. "Por favor cógeme. Quiero sentirte dentro de mí, necesito que uses todos mis agujeros porque soy tu juguete personal para coger," le supliqué. Por fortuna, Chris no lo dudó y empezó a empujar su verga en mi apretado y húmedo coño. Ahora ambos estábamos gimiendo con placer. Yo gemía porque mi coño se sentía extremadamente bien tragando su venosa y pulsante verga. Definitivamente fue una sensación agradable sentir sus dedos penetrando mi coño, pero con su pene llegando a mis profundidades, todo resultó mucho más placentero. Una vez más apreté mis músculos pélvicos, haciendo que mi bien apretado y hambriento coño se agarrara a su pene con fuerza. No podía ni imaginarme qué clase de placer estaba sintiendo él cuando yo hacía esto. Tal vez sintiera como si mi coño estuviera ordeñando cada gota de semen dentro de sí, y realmente creo que sí estaba haciendo eso. Mi necesitado y ansioso coño estaba tan fuertemente envuelto alrededor de su asombroso y grueso pene, que podía sentir los ríos del cálido líquido pre-seminal fluyendo de la punta de su verga y dentro de mi coño. Mi coño estaba tan empapado y ansioso de tragarlo completo, que no era un problema conseguir que enterrara sus bolas dentro de mí. Cuando miré hacia atrás y vi que su pene estaba enterrado en mi dulce y delicioso coño, me estremecí de alegría. Sentí como si mi coño estuviera por fin lleno y satisfecho. Su gruesa verga me había partido los labios al entrar y ahora estiraba tanto mis paredes, que estaba tocando constantemente un punto sensible dentro de mí: mi punto G. Con mis paredes tan apretadas y tan ansiosamente envueltas alrededor de él, podía sentir cada pulsación y sacudida en su pene, y se sentía increíblemente bien. Después de empujarse a sí mismo fuera de mí, sacó su verga un poco antes de empujar dentro de mí otra vez mientras empezaba a cogerme. Estaba penetrándome con tanto vigor, que podía escuchar y sentir sus testículos golpeando contra mi clítoris, y la sensación mandaba escalofríos por todo mi cuerpo.

Chris gemía guturalmente mientras seguía penetrándome. Con los brazos atados a la espalda, todo lo que podía hacer era estar quieta y dejar que me cogiera, y lo hice con gusto. Mi coño estaba haciendo los más deliciosos sonidos húmedos y sofocantes mientras su impresionante y abultado pene entraba profundamente dentro de mí con cada golpe. Al principio, las fuertes manos masculinas de Chris se agarraban fuertemente a mis gruesas y curvadas caderas y las usaba como palanca para cogerme, pero esto pronto iba a cambiar. Sentí que una de sus manos me rodeaba la pierna y bajó hasta mi clítoris, donde empezó a jugar y a tocar el órgano sensible con sus dedos. Sentí su otra mano agarrar un puñado de mi cabello y tirar hacia atrás. Ahora estaba tirando de mi pelo y jugando con mi ansioso y necesitado clítoris mientras me destrozaba el coño, y se sentía tan bien. Yo ya había dejado de hablar porque todas estas sensaciones increíbles me habían dejado sin palabras. En su lugar, dejaba escapar gemidos y quejidos, ocasionalmente salivando como si estuviera ahogándome en su pene. La mano de Chris finalmente me soltó el cabello y presionó mi cabeza contra el colchón. Al mirar hacia atrás mientras me cogía con fuerza, pude ver que su verga estaba cubierta por una gruesa capa de fluidos que empezaba a derramarse hasta sus testículos. Justo cuando pensaba que no podía sentirme mejor, Chris una vez más se superó a sí mismo. Sentí que algo cálido y metálico resbalaba por la entrada de mi culo y al principio no sabía lo que era, hasta que recordé el tapón anal que Chris había sacado antes.

Hice lo que pude para relajar mi trasero y me dejé llevar por la sensación del juguete anal penetrando mi culo, que aceptó con entusiasmo el objeto y no pasó mucho tiempo antes de que estuviera dentro de mí. "¡Oh Dios, sí!

¡Sigue así! ¡Úsame, úsame como tu juguete sexual!" Grité desesperadamente mientras él seguía destrozándome el coño. Por el gesto de su cara, capté que estaba a punto de venirse. Se notaba que moría de ganas por liberar su orgasmo, pero también quería seguir cogiéndome. Me imaginé que podría hacerlo explotar con un orgasmo si le hablaba sucio una vez más. "Así, papi, ¡cógeme fuerte y duro! ¡Trátame como la puta sumisa que soy! Vente para mí, señor. Necesito de tu semen. Muero por tener tu semen dentro de mis agujeros," dije con desesperación. Entonces vi que su saco escrotal se apretaba y que su cara se enrojecía mientras comenzaba a gruñir salvajemente.

"¡Puta, me voy a venir!" anunció. Segundos después, sacó su verga de mi coño mojado y empezó a masturbarse sobre mi espalda. La punta de su pene explotó con semen, y disparó gruesos hilos de su caliente y blanco fluido por toda mi espalda. Sentí cómo caía sobre mis nalgas y brazos, todavía atados a mi espalda. Después de que ambos nos recuperamos, desató todas las cuerdas y me ayudó a limpiarme. Era más de medianoche cuando finalmente decidimos ir a la cama. Estábamos demasiado cansados como para que él condujera para llevarme a casa, así que dormí con él en su penthouse. Antes de ir a la cama, me dio un gran fajo de dinero y me dio las gracias por ser su sugar baby. Mientras nos acostábamos, abrazados, no podía dejar de pensar en lo fácil que sería para mí adaptarme a este nuevo

estilo de vida tan placentero.

podía dejar de pensar en lo fácil que sería para mí adaptarme a este nuevo

estilo de vida tan placentero.

SUMERGETE EN EL MUNDO DE CITAS VIRTUALES ENTRE

SUGARS

Cuando la estudiante de medicina Jessie se da cuenta que no quiere trabajar arduamente para conseguir su dinero, empieza a contemplar sus opciones. Ella no quiere ser stripper y ser una chica de video llamada suena aburrido. Jessie decide sumergirse en el mundo de citas virtuales entre sugars. De inmediato, ella encuentra un banquero guapo, de edad mediana y exitoso de nombre Chris que esta listo para tomar el rol de su sugar daddy. Ella le manda unas fotos coquetas a Chris y después de unas pocas semanas, ellos deciden encontrarse para su primera cita. La joven Jessie esta emocionada y lista para ser obediente con su nuevo y maduro sugar daddy.

ROMANCE EROTICO

*Este libro está destinado a audiencias maduras.